MAIOR MUSEU DO MUNDO!

MAIOR MUSEU DO MUNDO
© da edição **Editora Pulo do Gato**, 2024
© do texto e da ilustração **Caio Zero**, 2024

EDITOR E COORDENADOR PULO DO GATO Leonardo Chianca
PROJETO GRÁFICO Caio Zero
DESIGN E FINALIZAÇÃO Nina Vieira
ASSISTÊNCIA EDITORIAL Agnis Freitas
REVISÃO Editora Pulo do Gato
IMPRESSÃO PifferPrint

A edição deste livro respeitou o novo
Acordo Ortográfico da Língua Portuguesa.

Dados Internacionais de Catalogação na Publicação (CIP)
(Câmara Brasileira do Livro, SP, Brasil)

Zero, Caio
 Maior museu do mundo / Caio Zero; ilustração
Caio Zero. – 1. ed. – São Paulo: Editora Pulo do Gato, 2024.
 ISBN 978-65-87704-25-8
 1. Arte - Literatura infantojuvenil 2. Museus

I. Zero, Caio. II. Título.

24-215970   CDD-028.5

Índices para catálogo sistemático:

1. Literatura infantil 028.5
2. Literatura infantojuvenil 028.5

Aline Graziele Benitez - Bibliotecária - CRB-1/3129

1ª edição • 1ª impressão • setembro • 2024
Todos os direitos desta edição reservados à Editora Pulo do Gato.

pulo do gato

Rua General Jardim, 482, conj. 22 • cep 01223-010
São Paulo, SP, Brasil • tel.: [55 11] 3214 0228
www.editorapulodogato.com.br @editorapulodogato

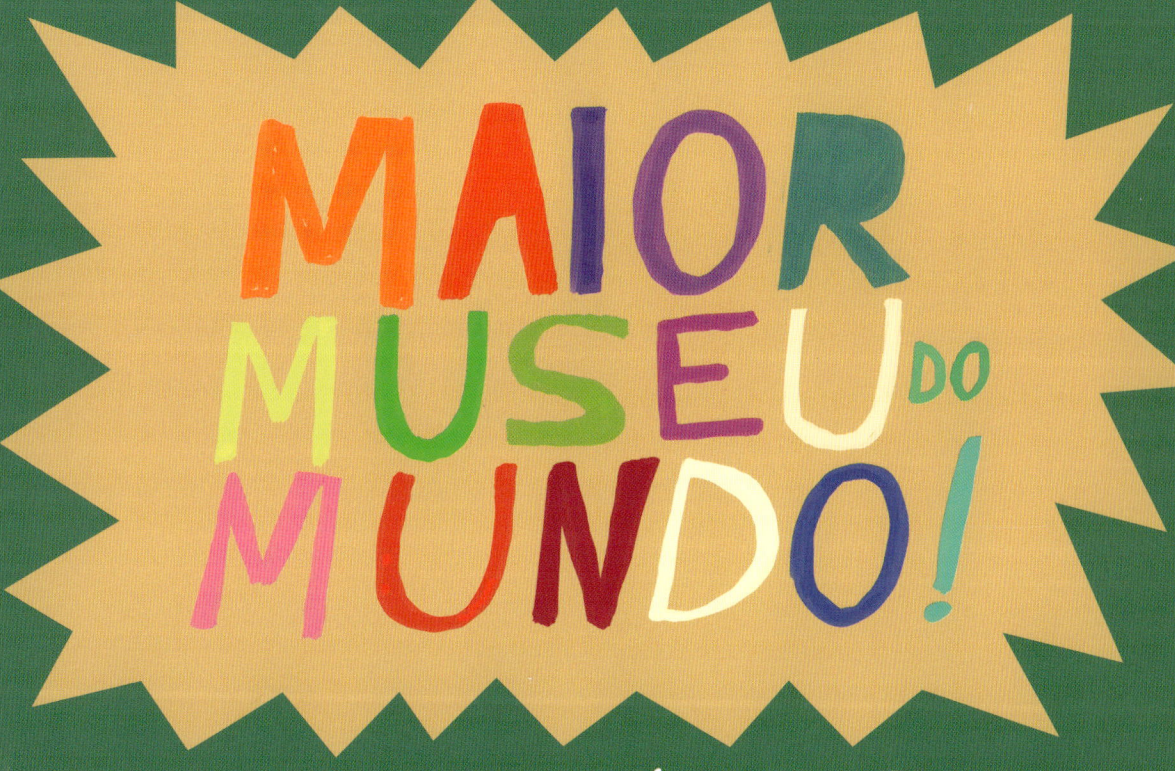

MAIOR MUSEU DO MUNDO!

caio zero

pulo do gato

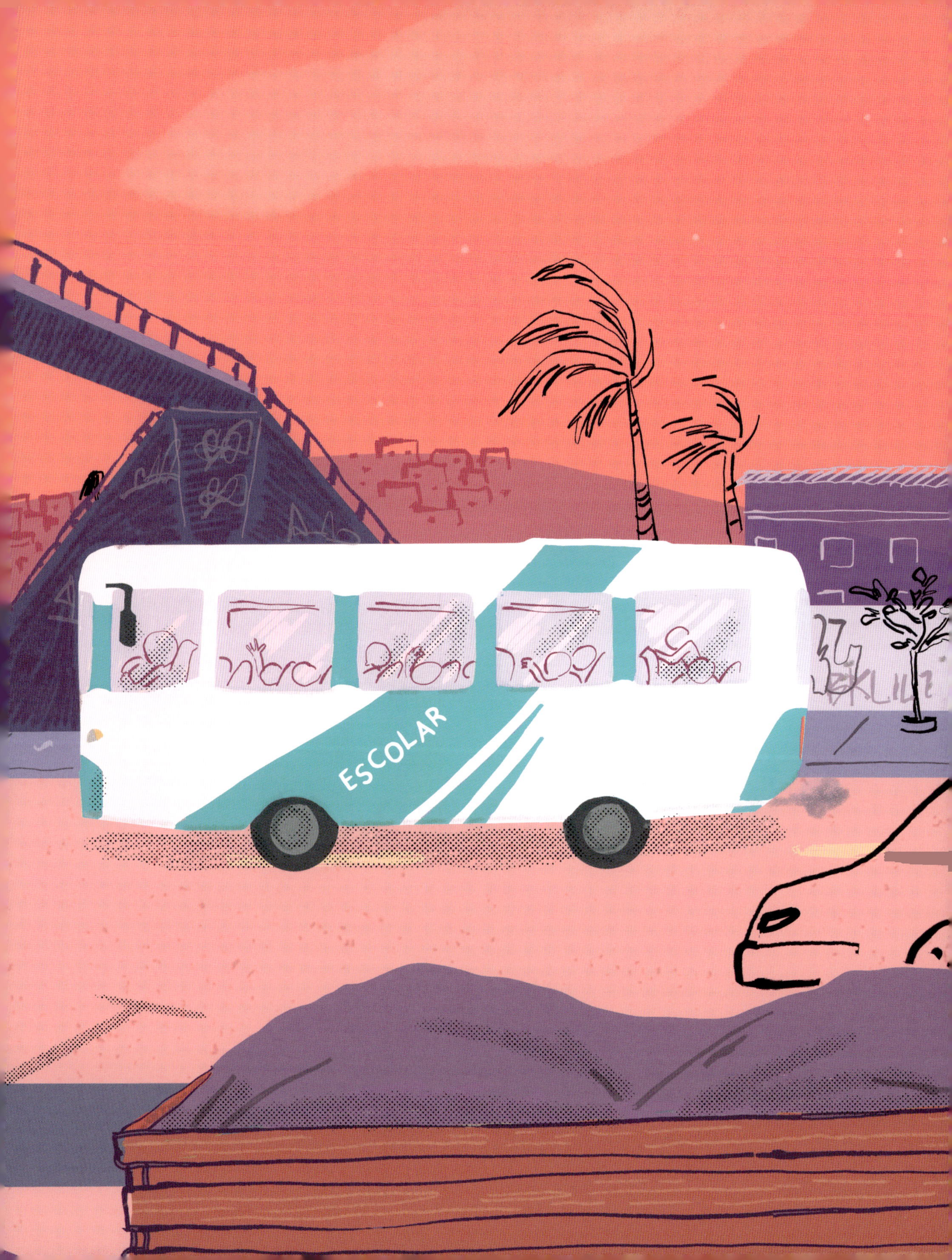
ESCOLAR

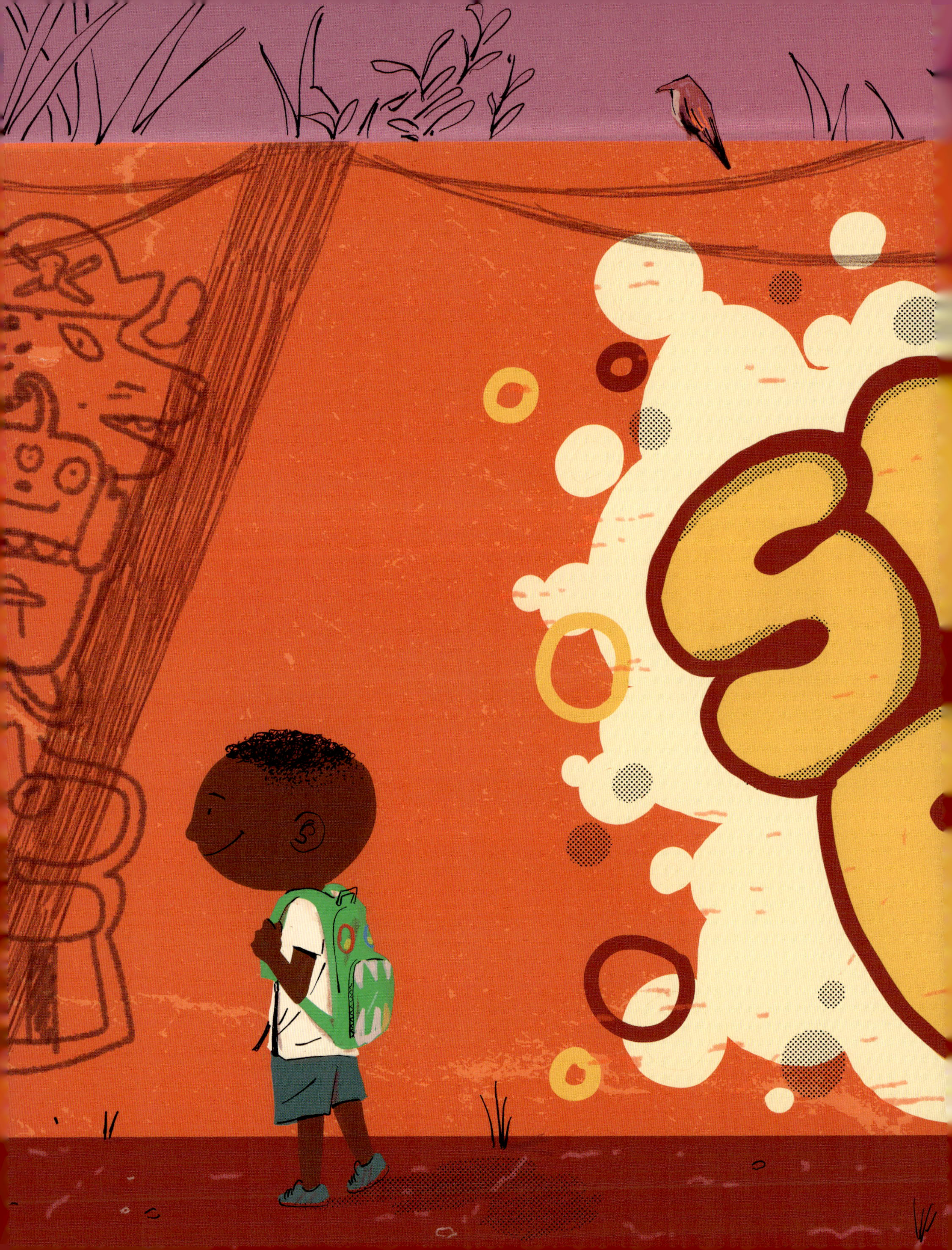

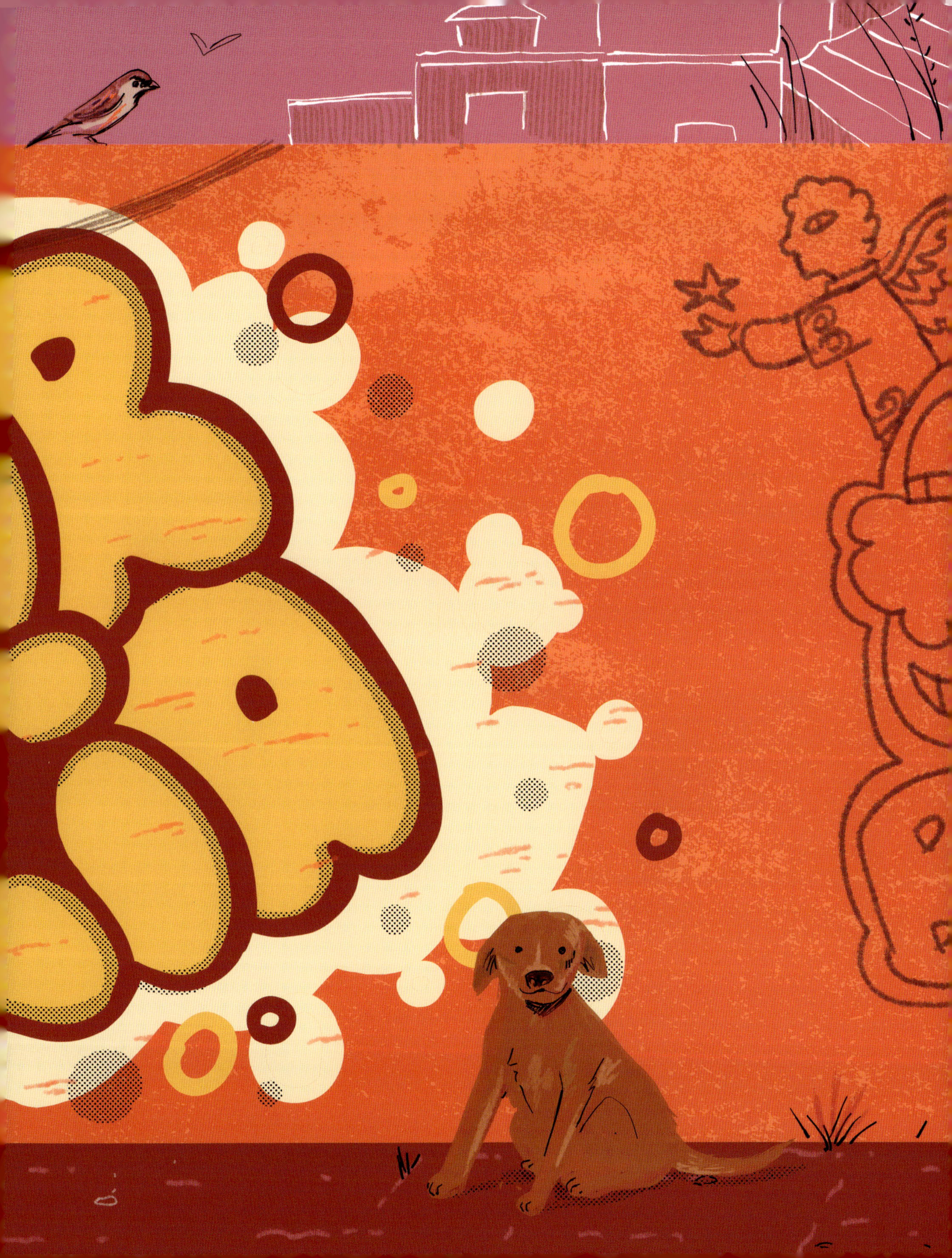

32

30

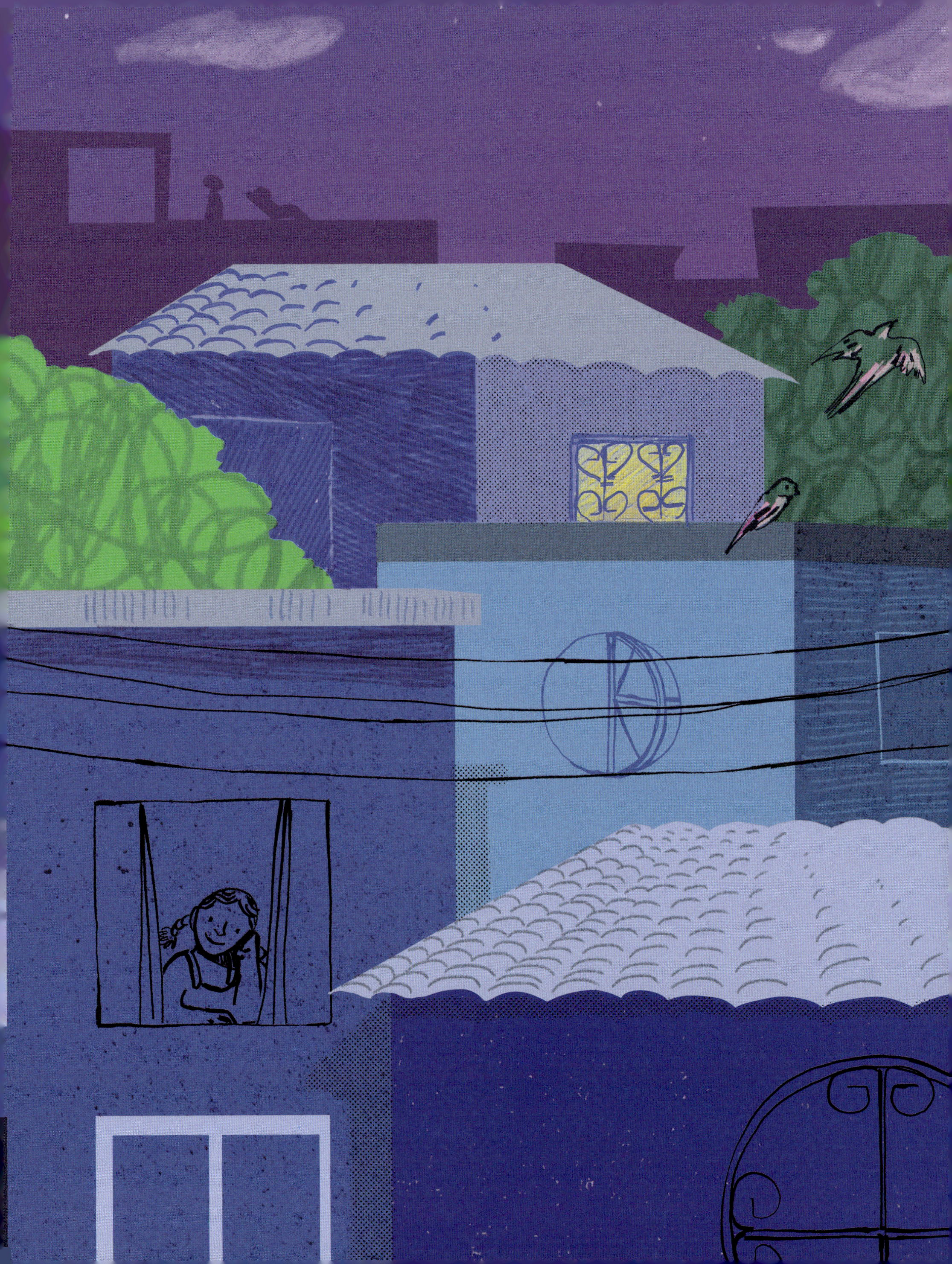

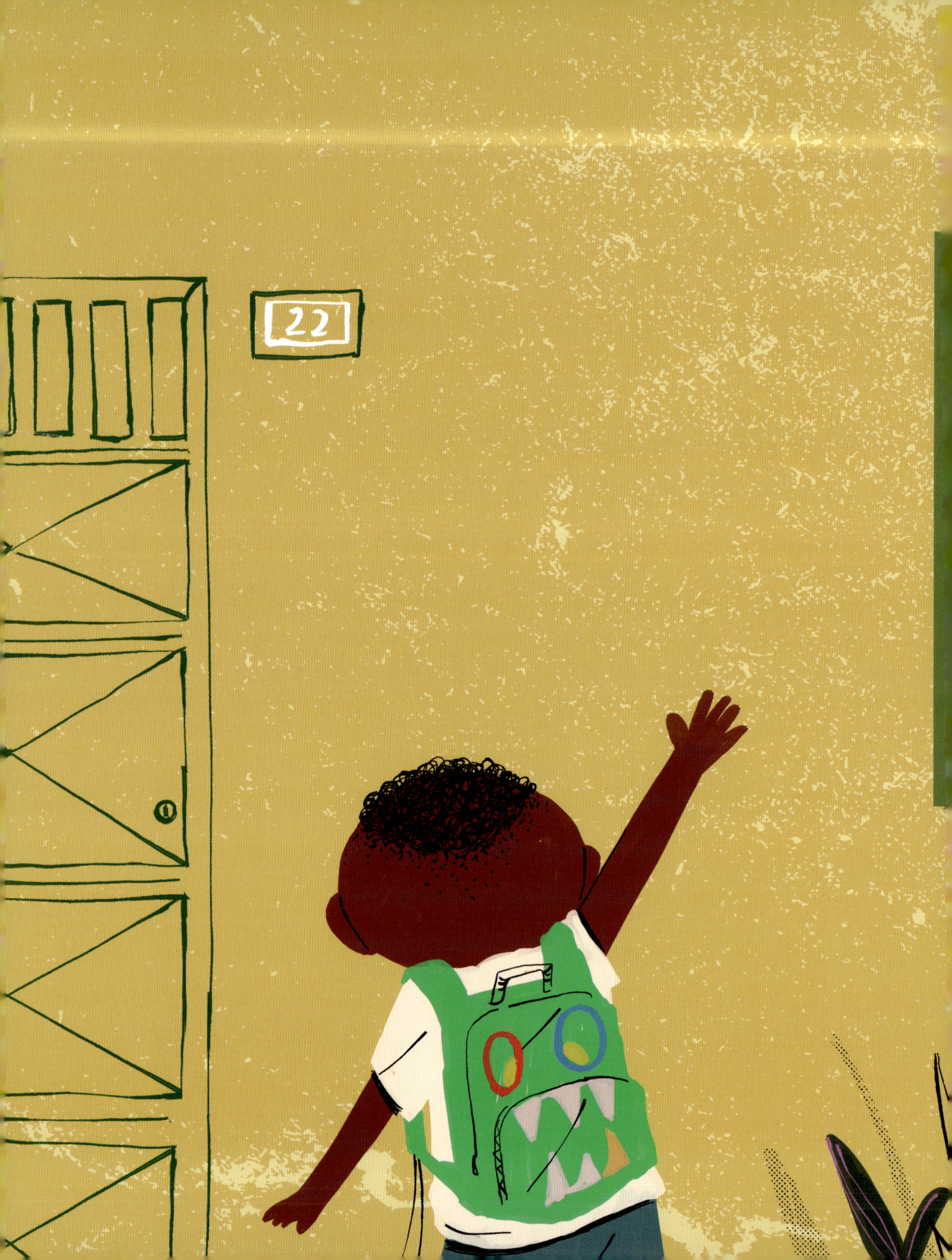
22

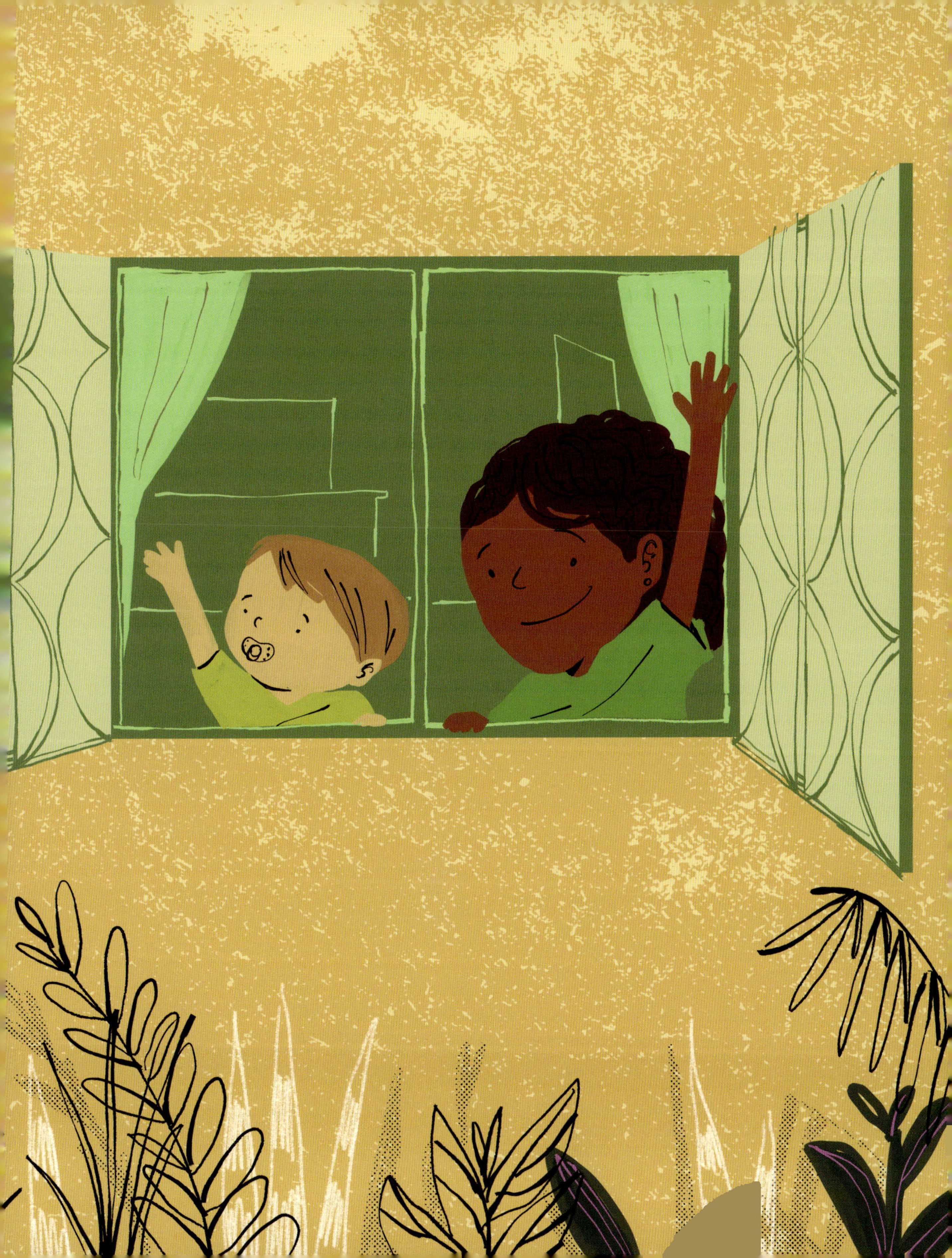

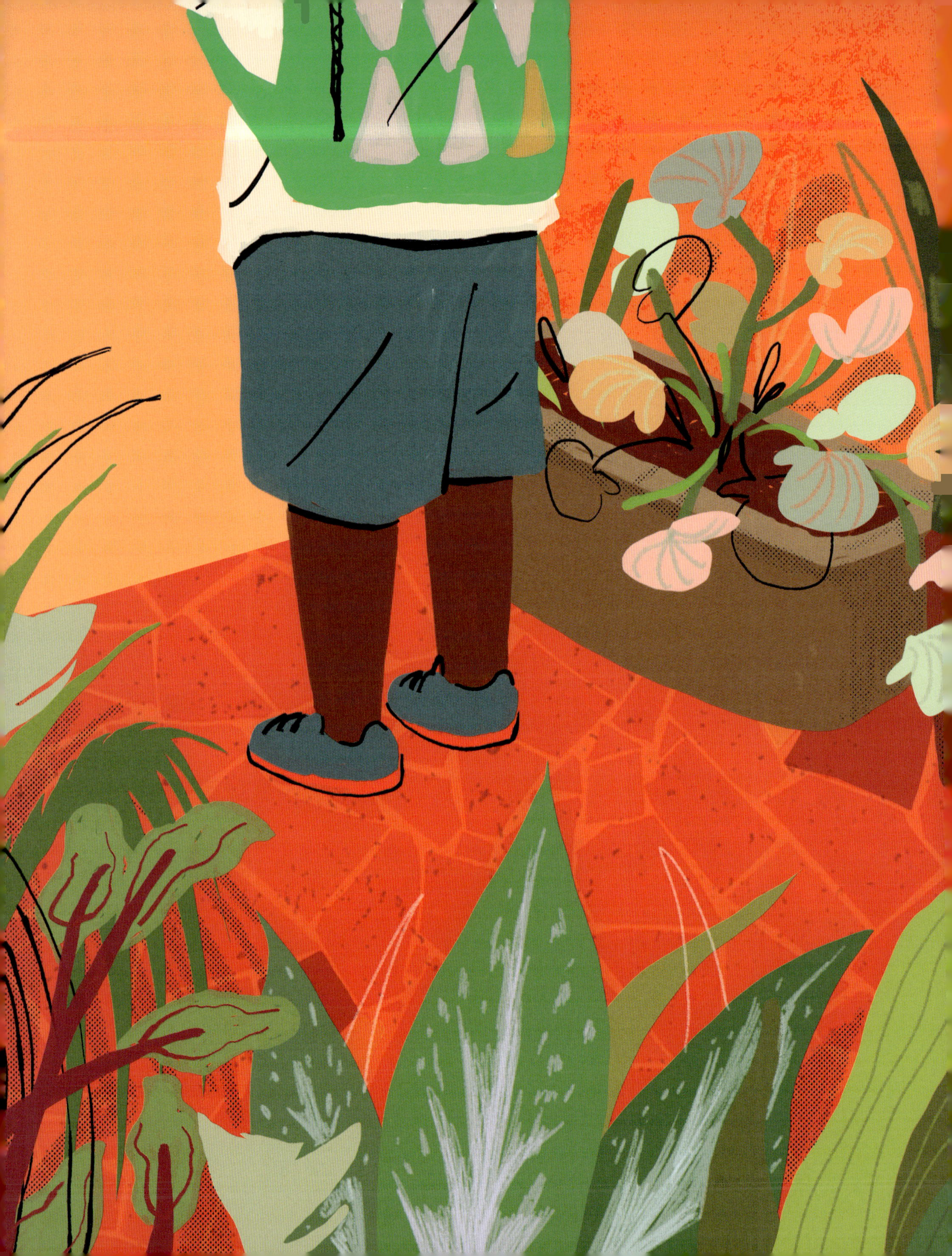

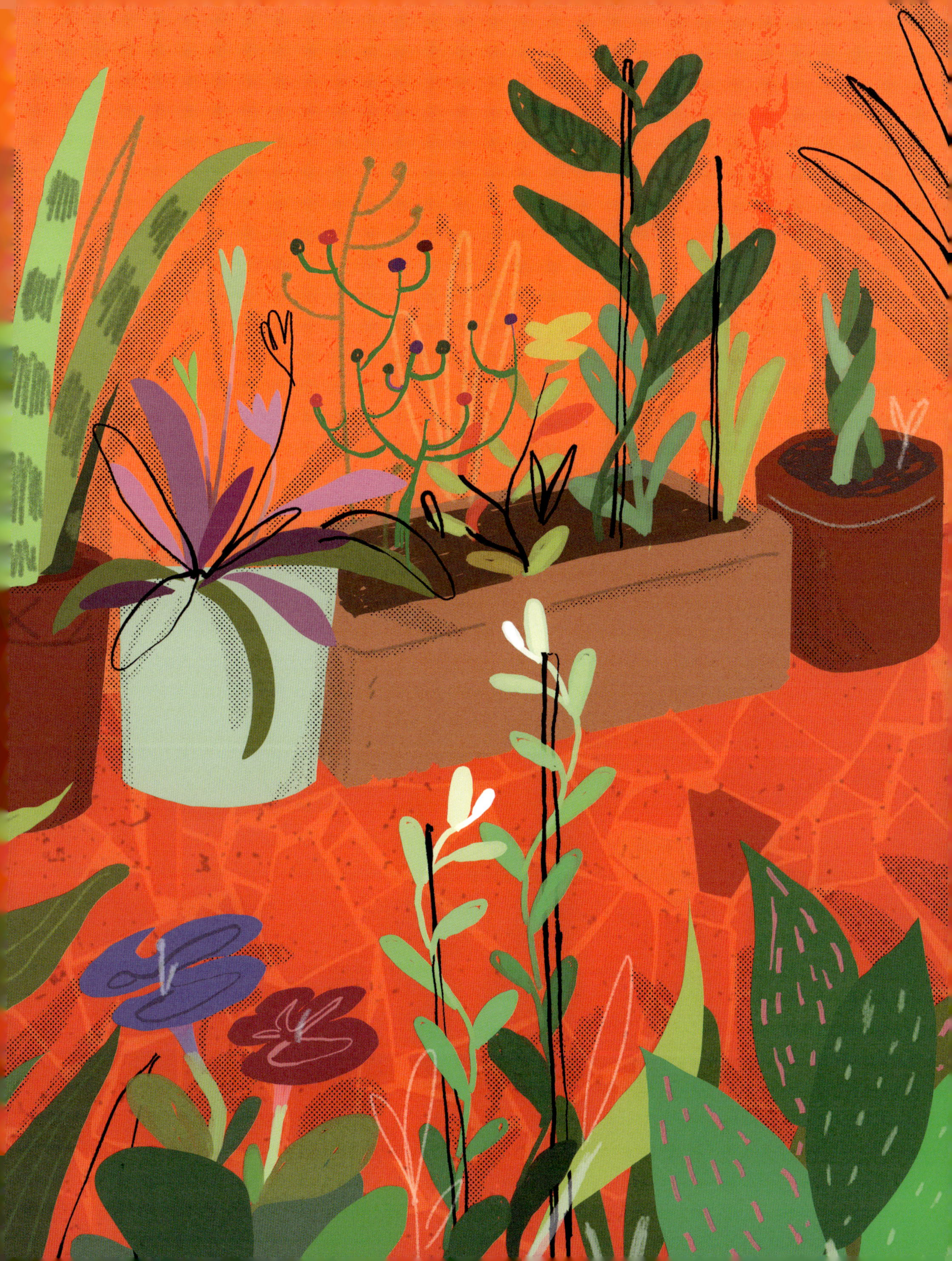

MÚSICA

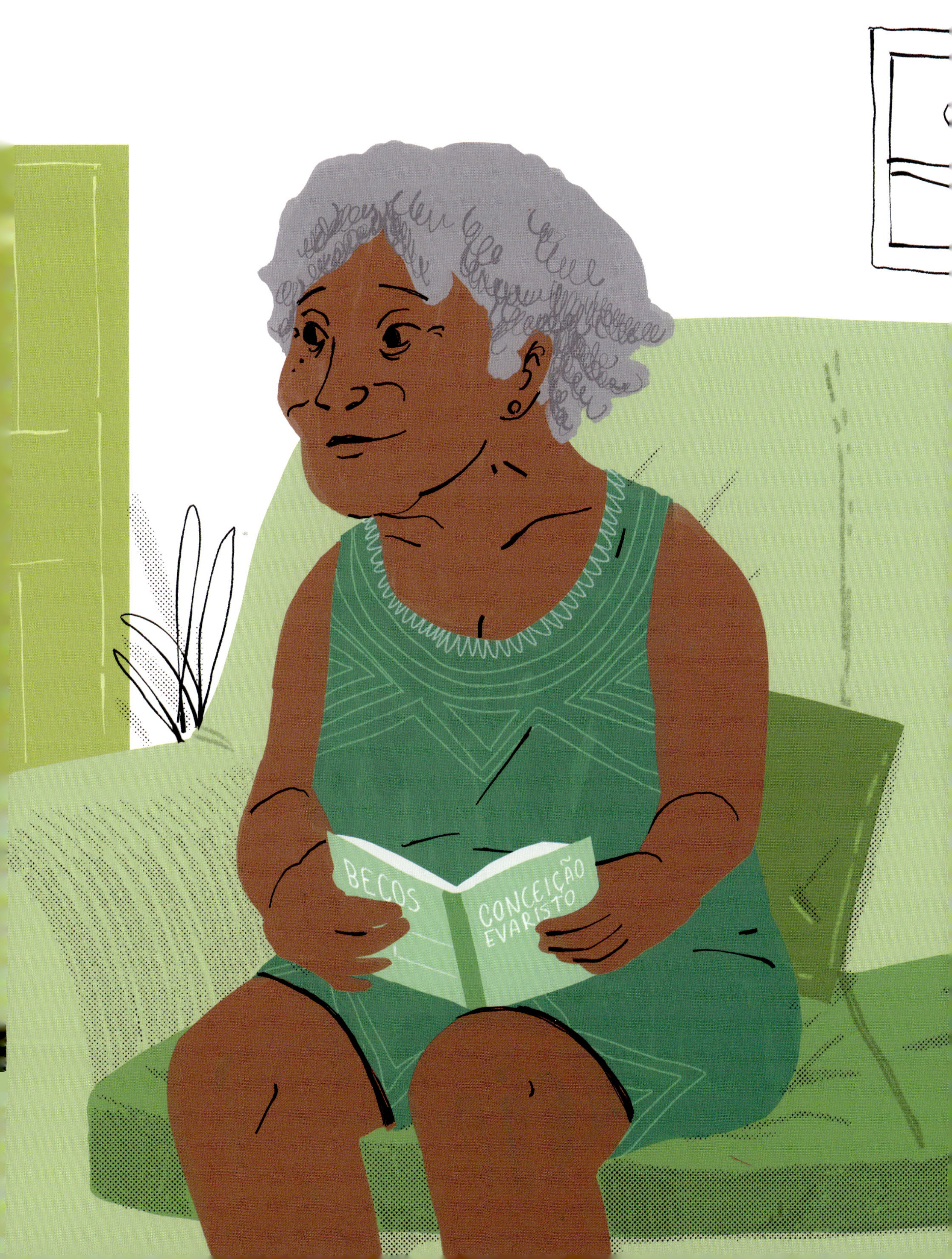
BECOS
CONCEIÇÃO
EVARISTO

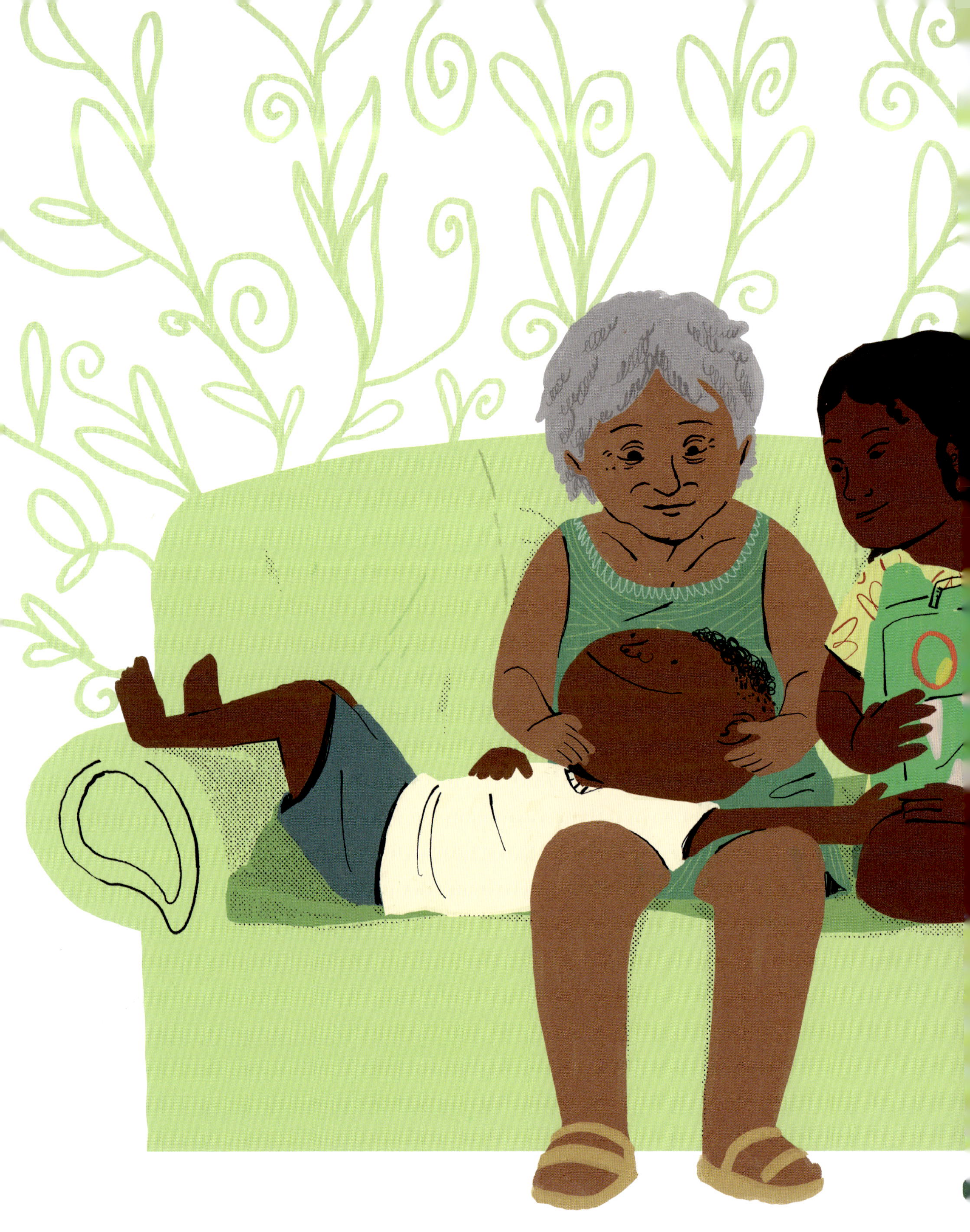

O que você **aprendeu** hoje?

Descobri
que
vivo
no...

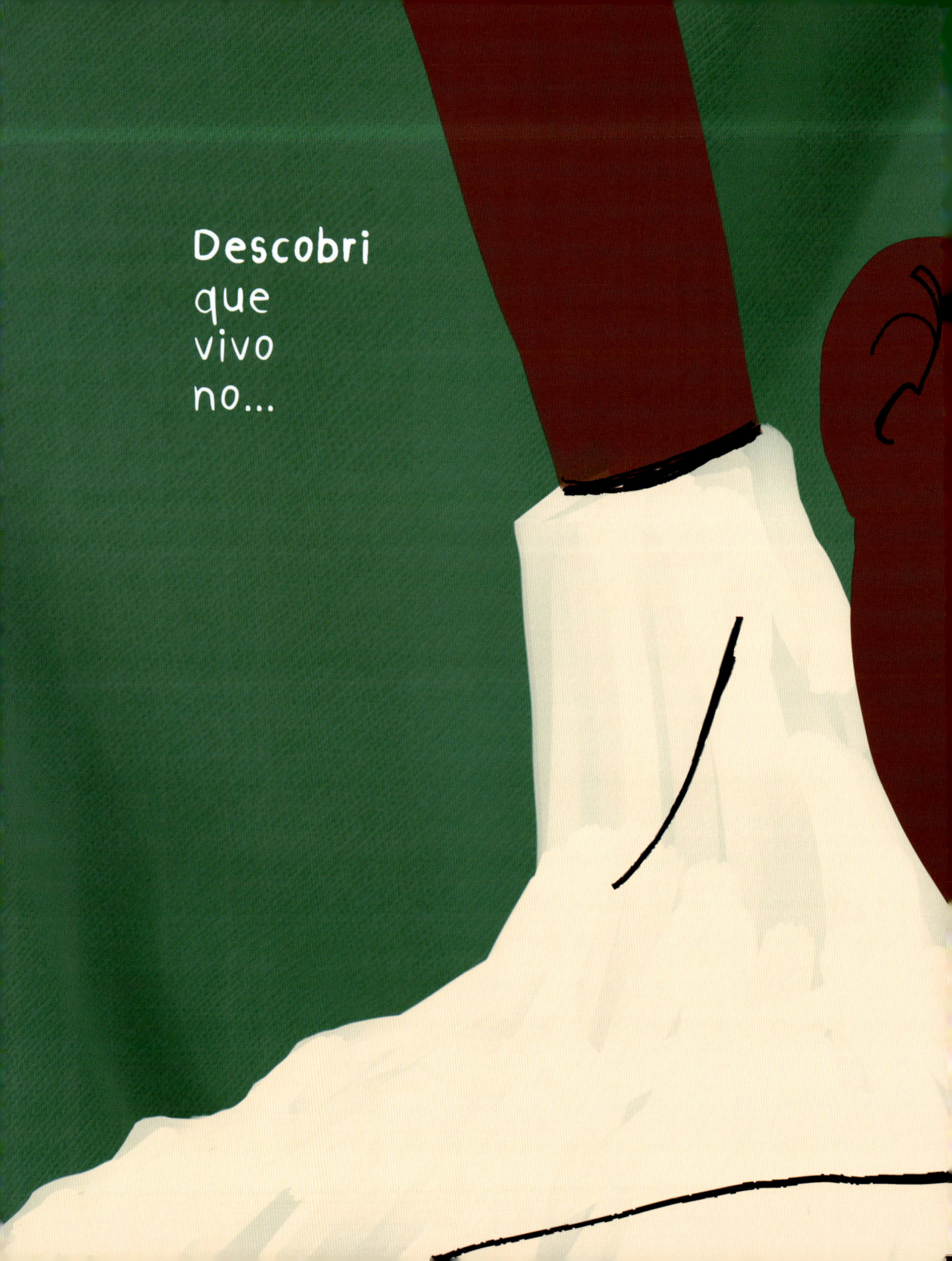

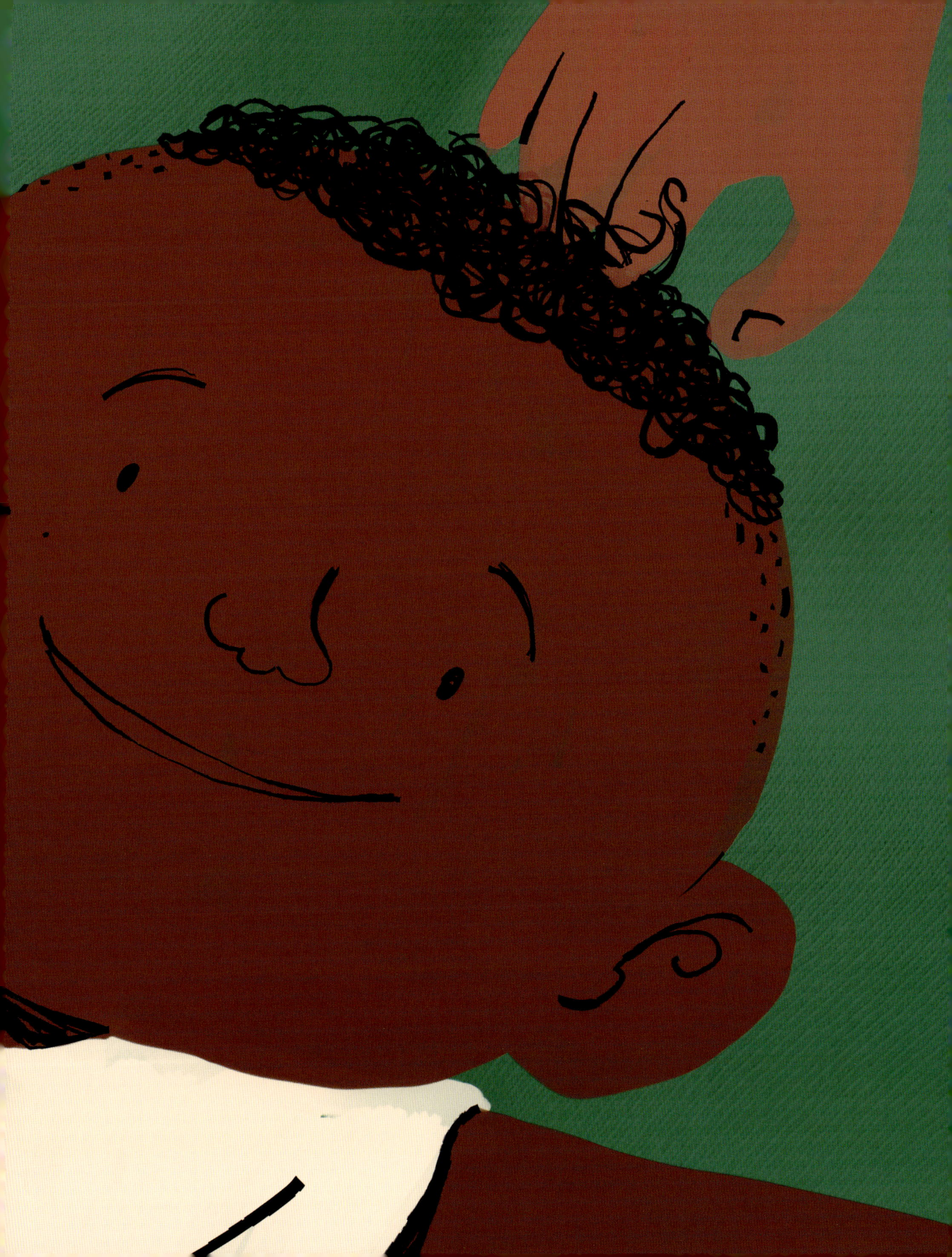

MA
MUS
MUM

OR
E U DO
DO!

Caio Zero e seu Maior Museu do Mundo

A cidade é um gigantesco museu, mas o Bangu, bairro do Rio de Janeiro onde passei minha infância e adolescência, foi o meu primeiro Maior Museu do Mundo.

Atualmente, vivo e experimento novos museus em minha vida, mas percebo que vou sempre resgatar memórias e afetos da minha infância e adolescência, quando pude experienciar a vida pelos sentidos do corpo e observar que os gestos e as histórias que me atravessavam compõem hoje parte do meu museu interior. O bairro, as ruas, os grafites e meus amigos eram as obras que construíam verdadeiramente o meu Maior Museu do Mundo.

Era o cheiro adocicado das flores que brotam ao lado da creche, as pinturas no muro dos artistas locais, a arquitetura das casas e do próprio bairro, o carnaval do Serrote, as brincadeiras das crianças e também dos adultos – bola de gude, pião, pipa, as ruas enfeitadas para a festa junina, as Olimpíadas ou a Copa do Mundo... Essas experiências e vivências formam pequenos fragmentos que me inspiraram a compor este livro, o Maior Museu do Mundo de tantas outras infâncias como a que eu tive.

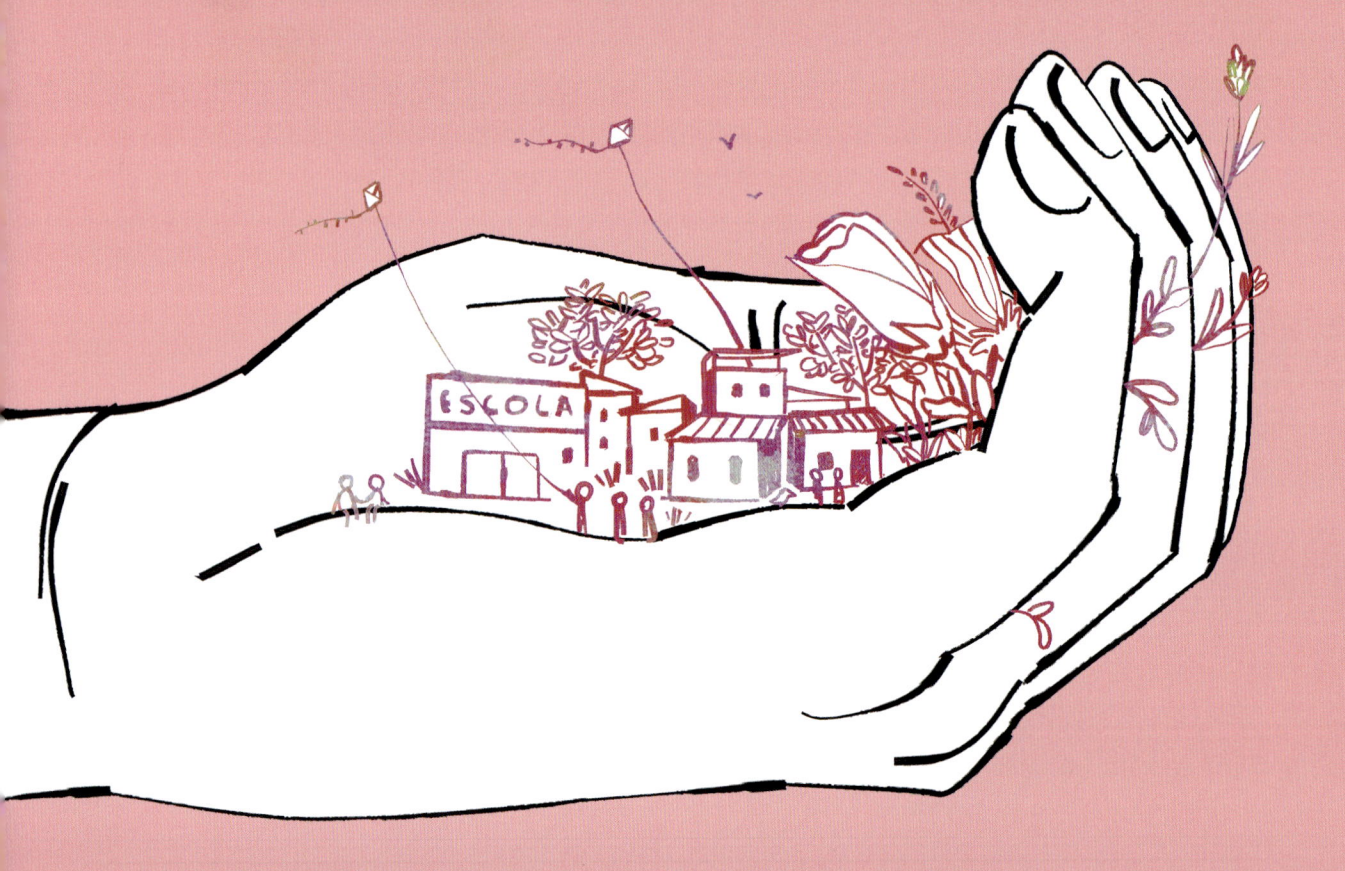

"Meu maior museu do mundo"

referências artísticas que serviram de inspiração ao autor

- Gian Lorenzo Bernini (Itália), *São Longuinho* (p. 9, 1638)
- Vincent Van Gogh (Holanda), *Lírios* (p. 22, 1890)
- Seydou Keïta (Mali), *Sem título* (p. 24, entre 1948 e 1963)
- Hans Arp (França), *Human concretion* (p. 26, 1935)
- Alexandre Mancini (Brasil, MG), *Sobre círculos e semicírculos # 10* (p. 28, s/ data)
- Maxwell Alexandre (Brasil, RJ), *Crianças atrás de telas,* série Reprovados | Pardo é Papel, (p. 30, 2018)
- Máscara do povo Fang do Gabão e de Camarões (p. 32, s/ data)
- Máscara de personagem Careto, de Portugal (p. 32, s/ data)
- Máscara do povo Kalapalo, do sul do Parque Indígena do Xingu/MT (p. 32, s/ data)
- Paul Klee (Suíça), *Gato e pássaro* (p. 35, centro, 1928)
- Ron Mueck (Austrália), *Mask II* (p. 35, superior direito, 2001)
- Denilson Baniwa (Brasil, AM), *Cobra do tempo* (p. 35, textura centro da parede, 2017)
- Pinturas rupestres no Parque Nacional da Serra da Capivara/PI (quarta capa, s/data)
- Marcel Duchamp (França), *Fonte* (quarta capa, 1917)
- Rosana Paulino (Brasil/SP), *bandeira Pretuguês* (quarta capa, 2022)
- Katsushika Hokusai (Japão), *A grande onda de Kanagawa* (quarta capa, 1831)

As obras de outros artistas usadas como referência neste livro tiveram o intuito apenas de inspirar as ilustrações do autor, no sentido de podermos olhar para elas, assim como para tantas outras que existem na nossa vida cotidiana, e formar nossos próprios museus.